Ugo Foscolo

RICCIARDA

ISBN : 9791041842100

PERSONAGGI

GUELFO.

GUIDO.

RICCIARDA.

CORRADO.

AVERARDO.

UOMINI D'ARME.

GUERRIERI.

Scena: il castello del Principe in Salerno

ATTO PRIMO

SCENA I.

GUIDO, CORRADO.

GUIDO

Fuggi! - Il mio duol col tuo periglio accresci.

CORRADO

Che dirò al signor mio, che lagrimando

Jer m'imponea di non tornarmi al campo

Senza di te? Sotto Salerno ei stesso

M'accompagnava; ei mi fu solo ajuto.

Al mio salir furtivo. Intorno al vallo

Chiuso nell'elmo, e fra nemici e l'ombre

Dubbioso errando, or ch'io ti parlo, aspetta

Il figliuol suo - Me misero! m'avanza

Poco omai della notte.

GUIDO

Se del padre,

Quando a forza dal suo petto mi svelsi,

Non giovò il pianto a rattenermi, ah come

Ei non pensò che tu a mortal periglio

Venivi indarno; e che da questa casa

Prego o ragion non porrìa tormi? A lui

Torna, o Corrado; e tu per lui pugnando

Più degnamente spenderai la vita. -

La mia - dal di che la serbò Ricciarda,

A lei tutta io la deggio.

CORRADO

E tu che speri

Che Guelfo ignori che in sua reggia vivi

GUIDO

Non so - ma Guelfo, ahi! di Ricciarda è padre.

CORRADO

Fremi dunque in nomarlo, e vedi sempre

Non di tuo padre il reo fratello in Guelfo

Che sue spoglie desia; non l'uccisore

D'un fratel tuo; ma di Ricciarda il padre?

Quei che dopo la lunga inutil guerra

A trucidarti, o Guido, armi più certe

Trovò nell'amor tuo? Che mentre in moglie

Ti promettea la figlia, ei sul tuo grembo

Nel convito ospital d'orrido tosco

Ti rapiva il fratello? E se Ricciarda

Da' labbri tuoi non rimovea quel nappo

Nè ti scampava in tempo, or giaceresti

Compagno alle insepolte ossa fraterne.

E or mentre il padre tuo corre a vendetta

E sovrasta a Salerno, e qui guidarti

Può la vittoria, armi abbandoni e padre

E patria e l'ombra del fratello inulta.

Or tutti a un tempo (nè di me ti parlo

Ma se tu peri, io non vivrò) noi tutti,

E pria l'amante tua misera donna.,

Teco strascini a orribili sciagure

GUIDO

Perchè Guelfo conosco, io mai Ricciarda

Non lascerò. S'oggi ei trionfa in guerra,

Io spento forse in campo; o vinto, errante

N'andrei.... E allor di lei che fia? di lei

Che in lunghi orridi guai (nè di ciò duolsi)

Vive per me? Schiava d'iniquo padre,

Con lentissime angosce e sotto il ferro

Sconterà allor d'avermi amato e salvo.

CORRADO

Ei fia sconfitto.

GUIDO

E allor più il temo - allora

Pria di sua man darà Salerno al foco

Che in poter nostro: ultima gioja, e tomba

Gli saran le rovine: e in quelle fiamme

Per torla a me seppellirà la figlia.

CORRADO

Tardar l'assalto potrem noi; spianarti

Più vie che intanto al campo d'Averardo

Guidino teco la tua donna.

GUIDO

E speme

Unica: - e vana! e s'io la nutro, temo

Che Ricciarda non m'odj. Or tu, se come

Gentile animo chiudi, amore intendi,

Sai che quando ogni speme altra è perduta,

Resta il conforto e il dolce alto desio

Di morir presso a lei per cui non puossi

Viver più omai. - Ben tu per l'infelice

Mio genitor che il morto figlio piange,

E invan l'altro richiama, almen tu vivi -

Indarno io prego? E tu mi guardi, e gemi;

E mi sforzi ai rimorsi e al pianto e all'ira!

CORRADO

Dunque per sempre il padre tuo ti perde?

GUIDO

Te perde a un tempo; e di pietoso amico

Mal tu le parti con mio padre adempi.

Finchè di noi tu incerto il lasci, incerto

Sta d'assalir le rocche, e tempo e ardire

Cresce a' nemici: ma se tu di speme

Ch'io rieda il togli, anche il timor torrai;

E nel suo cor magnanimo e guerriero

Tornerà l'ira e la fidanza: e teco

Gli fia certo il trionfo; e nelle sorti

Avverse, almen tu – che di me più l'ami

Pur troppo! - a lui figlio sarai.... Ma cresce

L'alba, e cinto esser puoi da mille ferri.

Qui ogni uom l'abborre e ogni uom veglia per Guelfo –

Nè parti? - A senno tuo parti, o rimani:

Mi sarà nuova piaga ogni tuo detto;

Ma finchè morte su Ricciarda pende

Più che sul padre mio, m'odi, Corrado -

Non ch'uom mortale mai. nè Iddio potrebbe

Far ch'io mi parta, o snudi in guerra il brando.

CORRADO

Abbi il mio pianto, o Guido; altro non posso:

Ti fia dannoso or il mio sangue. Addio.

Amaro nunzio ad Averardo io torno.

Disperato partito, a racquistarti,

Piglierà al certo; e ov'ei non giunga in tempo

Sappia da me dove cercarti estinto.

GUIDO

Se pur fuggir salvo potrai!... ma vieni -

Quinci ti fia cauto il partir: trapassa

L'arche e le volte oltre la quinta tomba;

Quivi è una lampa, e il mio secreto albergo:

Scendi un lungo trar d'asta a un arco angusto

Che mette al fosso; ivi men alta è l'onda.

Te il ciel guidi, o Corrado. Al padre narra,

Che ingrato io son - ma e più infelice. Addio.

CORRADO

Non sia questo l'amplesso ultimo nostro!

SCENA II.

GUIDO

Ultimo! - almen perir dovessi io solo!

Non tremerei cosi vilmente. - O Guido,

Nella magion del traditor t'aggiri

Da traditor! Dell'avo mio sdegnosa

Spesso forse la sacra ombra mi guarda

Da quel sepolcro.... A che mi sproni? un tuo

Indegno figlio le tue case e l'are

All'altro da tanti anni empio contende:

E vuoi punirlo; ed a punirlo, erede

Della tua spada il padre mio lasciasti.

Ma io! - mostrar qui non m'attento un brando.

Porto ascoso il coltel come fa il ladro;

Nè oprarlo io posso contro a Guelfo. Ahi, dono

Di traditor fu questo! Ei mel donava

Allor ch'ei pace simulava e nozze:

Ei fea pensier che la sua figlia un giorno

S'io l'impugnava contro lui, m'odiasse -

Andiam, e il vile asilo mio m'accolga:

Spero or più invan di rivederla - e temo

Di rivederla; e se a me riede o parte,

Vedo Guelfo che i suoi passi circonda....

Vien forse? - ah troppo or si dirada il giorno;

E tarderà troppo la notte a farle

Men periglioso il suo venir. - Pur odo

Più a me sempre vicine affrettar l'orme....

SCENA III.

GUIDO, RICCIARDA.

RICCIARDA

Guido! - Qui sei.... pur ti ritrovo!

GUIDO

Ahi! come

Anzi ora qui? - Misero me! ti miro

Pallida, incerta, ed anelante.

RICCIARDA

O Guido!

Io ti credea da me diviso.... e spento.

GUIDO

Che spento io cada, per te sola il temo;

Ma ch'io mi parta, o donna mia, potevi

Crederlo tu?

RICCIARDA

Te a preghi miei pietoso

Spero e che alfin ti partirai; ma dianzi

(Ne tremo ancor) credei che a fuga e a morte

Corressi tu. - Dall'alto di mie stanze

Vidi un guerrier di brune armi coverto

Guadar, pur or, a gran fatica l'acque

Ond'è cinto il castello; e giunto a proda

S'aprì la via tra le guardie col brando,

E correndo per l'erta, oltre le mura

Balzò da merli perigliando e sparve.

E tu quel mi parevi; e chi potea

Chi se non tu, così fuggirsi? e ratta

Venni; e se qui non eri, io m'affrettava

Ad accertarmi se cadesti illeso,

O a raccorti morente.

GUIDO

Altri in quel luogo

Però, se il cielo nol serbò pietoso

Al padre mio!

RICCIARDA

Qui teco altri era?

GUIDO

Occulto

Venne Corrado a ricondurmi al campo.

Poteva udirlo io forse? Ottenne lungo

Silenzio, e poscia irati detti e pianto;

E avrà, se è spento, eterno pianto - e vano!

RICCIARDA

Misera! ch'io dagli occhi miei ti perda

M'è sì amaro pensier, che appena il vince

La ria certezza che qui resti a morte.

Sperava io sì, che ancor sola una volta

Ti rivedrei, che fida unica scorta

Tra l'ombre, e i ferri, io ti sarei per trarti

Di mille insidie che ti stanno intorno,

Per dirti addio, per non più mai....

GUIDO

Deh il versa

Sovra il mio petto sempre, e meno amaro

Ti fia quel pianto.

RICCIARDA

Da te lunge il pianto,

Che or parlando mal freno, da te lunge

Men amaro mi fia; chè allora almeno

Potrei versarlo, e non temer che misto

Scorra col sangue del tuo cor trafitto

Dal padre mio - sull'ossa ahi!... della mia

Madre trafitto.

GUIDO

A piangermi, nè un'ora

Ti lascerebbe. A me crudele il temi?

Clemente a te? Dal dì, che me dal tosco,

lui da più infamia, e nuova colpa hai salvi

Ti festi rea da disperar perdono.

Ben ci sperò che l'amor mio faria

Vile o più lento d'Averardo il brando.

Per più atterrirmi, or ei ti serba in vita;

E nel tuo volto, ove mal finger sai,

Sempre esplorar che mal suo grado m'ami;

Sempre ne' suoi ricordi atri notarlo

Per cancellarlo un dì col sangue. Ogni atto,

Ogni lagrima tua, la voce, i cenni,

Ed il silenzio, a raffermar varranno

Il rio decreto, ov'ei talor rammenti

Che è padre.

RICCIARDA

E' spesso, e con pietà il rammenta.

Quanto amar può chi sè medesmo ha in odio,

M'ama; e ciò tempra i suoi furori. A tutti

Svela sue colpe; ma del cor le angosce,

Fuor che a me sola, a tutti asconde. Io sola,

Quand'anche i sgherri suoi trovano il sonno.

Lo intendo andar per la sua vota casa;

E paventa esser solo: e me sua guida

Appella; e dopo un tacer lungo, invoca

Gli avi e la morte e la consorte e i figli.

- Iddio, di cui mai non favella, Iddio,

Non che conforto come a noi, ma speme

Più non gli è di perdono. Oh di che preghi,

Sovra l'altar delle più arcane stanze,

Di che minacce insieme, e di che pianti

Orribilmente insulta il cielo, e trema -,

E geme, e freme... ahi sciagurato padre!

Ed oggi che a battaglia alto vi sfida,

Io so che disperato a pugnar vola

Sol per fuggire i suoi terror sotterra.

Vedi se pianger nol degg'io? Diffida

Di me, nol niego; ma di tutti, e molto

Di sè medesmo ei trema: ed io.... son rea.

GUIDO

D'amarmi?...

RICCIARDA

No, rea non mi tenni io mai

D'amarti:e innanzi che a te invano il padre

Mi promettesse, il sai, gran tempo innanzi,

Da che prima venisti, ed io ti vidi

Giovenilmente generoso e altero,

T'amai, Guido, t'amai; tacita ognora

Arsi quanto il mio core arder potea;

Piansi per te, nè men dolea; t'amai

Quanto amar sa mesta donzella e sola,

Che sol trova in amore ogni conforto;

Ma non mi tenni io rea. Poi quando infausta

Certezza ebb'io d'esser da te divisa,

Più ognor t'amai. Te sempre amo, e ti sono

D'alto innocente eterno amore avvinta;

Se rea.... - e per farmi del tuo core indegna

Forse.

GUIDO

Tu mai, tu del mio core indegna

Tu che a virtù mi sei sprone ed esempio

E se non fosse che spiacerti temo,

Credi tu che porrei tutta mia speme

Nel morir teco? inutil brando io cingo

Sol perchè tu non possa oggi incolparti

D'amar colui che ti guerreggia il padre:

Sol per la fama tua, taccio, ne spero

Quel ch'io più bramo; e mille volte il labbro

Apro, e in silenzio doloroso il chiudo.

RICCIARDA

Ben io lo intendo: e oserò dirlo io prima -

Dì e notte tiemmi e lusinghiero e forte

Il pensier di fuggir teco dal padre:

E più che il padre e il suo misero stato

E il suo periglio, men rattiene amore

Di te; di te, che a snaturata figlia

Sposo infame saresti; e ad Averardo

Faresti dono d'abborrita nuora:

Ed io madre sarei di maledetti

Figli e spregiati - ahi misera! tu stesso

Forse un dì temer puoi che ben sapria

Tradir lo sposo chi tradito ha il padre.

Pur di tradirlo io mi pensai. Ma farne

Ammenda io vo' col torre a me ogni speme

E a te ad un tempo, e giurarti che mai

Per questa via non mi darai salvezza.

A te il mio core; e al ciel. la vita io fido:

E quando altri la brami, io potrò almeno

Darti innocente il mio sospiro estremo.

Ma più di me tu d'ora, in ora stai

Sotto la scure -... Intendi?... ei vien!...

GUIDO

D'armati

Son passi....

RICCIARDA

Ei vien! salvati.

E fuggir sempre?

GUIDO

Ahi vita indegna! - assai men grave è morte.

RICCIARDA

O Guido mio! pietà di me ti vinca....

A sera, e avrai l'ultimo addio, qui riedo;

Fuggi....

SCENA IV.

RICCIARDA. GUELFO, UOMINI D'ARME

GUELFO

Tu qui?

RICCIARDA

Signor....

GUELFO

Smarrita - esangue -

Tu qui! - Che il padre ti chiedea, sapevi?

RICCIARDA

Dianzi Ruggier me l'imponea.... ma quando....

Nè dove.... incerto m'era.

GUELFO

E a me più incerto

Se tu in unir reggia stavi; altri ti vide

Dianzi avviarti fuggitiva.

RICCIARDA

E parte,

Questa dov'io men venni, è della tua

Reggia....

GUELFO

E la, miglior parte. - E per me dunque

Qui sì ratta venivi? Ma tu cerchi,

Parmi anzi tempo, tra gli avelli il padre.

RICCIARDA

Cerco la madre mia, se pur intende

Il mio lungo doler che ad uom vivente.

Fuorchè ad un solo, io non direi; nè quanto,

Sebben talor di me ti dolga e m'ami,

Padre acerbo tu sia; nè come il crudo

Sospettar che di tua mente infelice

Tiranno è fatto, il cor mi strazi a brani.

Certo il mio volto ad altri il narra, e sai

Se anche presumi che tua morte io speri,

Veder da te, che pria de' tuoi fien tronchi

I miei dì dall'angoscia. Or finchè lieta

Vita non hai, nè tu l'avrai, pur troppo.

Viver degg'io sol per morir tua figlia.

GUELFO

Qui dunque, innanzi di tua madre all'urna,

Ti fia men grave fra non molto udirmi -

Ma ch'io mal non sospetti, assai n'è prova

Quel traditor, che qui notturno errava.

Tu il sai?

RICCIARDA

Rumor men venne....

GUELFO

E se nel viso

Ben ti discerno, di pietà confusi

E di terror pel rischio suo ti fai

E sai che ignoto dileguossi e illeso?

Ne sarai lieta.

RICCIARDA

Io? - d'uom ignoto....

GUELFO

Agli altri:

A me, no - E teco io lieto son ch'ei viva.

Mi dorria se di morte altra perisse,

Che di ferro: e del mio. - Ruggier, t'appressa.

Sovra color che mal vegliaro a guardia,

E contro a un sol, viltà si fosse o trama,

Ebber ratte le piante e tardi i brandi,

Opra la scure.

RICCIARDA

Deh padre! - Soverchio

Terror a disperata ira può indurli;

Pensa deh che straniere infide genti

Provochi; e or tu commessa hai ne' lor ferri

La tua difesa - Deh ristatti alquanto,

Ruggier - O signor mio, vedi chi reca

I cenni tuoi di che ribrezzo umano

Impallidisce.

GUELFO

Vil genia, che vende

Il braccio e il cor, m'atterrirà? - Ruggiero

Tu va; scorra quel sangue: alle altre schiere

Sovra quel sangue molto oro dispensa -

Or vien, Ricciarda.

RICCIARDA

O che oltre modo ei finge,

O troppo io spero, il crede in salvo....

GUELFO

Or vieni.

ATTO SECONDO

SCENA I.

GUELFO, RICCIARDA, UOMINI D'ARME.

GUELFO

Uberto, co' Normandi esci oltre i ponti:

E all'orator del mio nemico intima

Ch'ei venga inerme; e tu rimani ostaggio. Ite.

SCENA II.

GUELFO, RICCIARDA.

GUELFO

Qui dianzi, e a gran fatica, io volli

Dissimulando divorarmi l'ira

Che nel cor mi rompea; vidi che noto

T'era colui che si fuggia sull'alba;

S'ei ti parlasse, io nol saprò.... e ne tremo.

Ma ch'ei venne a sedurti, e perchè questa

Via gli falliva, a nuova arte s'appigli,

M'è chiaro indizio l'orator di pace

Che il padre suo dal campo oggi m'invia:

Nè udirlo io vo', se non perchè tu meco

Piena risposta gli darai.

RICCIARDA

Che posso

Dir, signor mio, che tu nol voglia?

GUELFO

Non sol dèi tu.; ma qui - su le sacre ossa

Di tua madre giurarlo. Ove tu il nieghi,

Saprò ch'io posso giustamente odiarti.

RICCIARDA

E a me il giusto odio tuo, misera manca,

A veder piena la sciagura mia!...

E la tua forse. Ancor talvolta, o padre,

Trovi conforto nel veder ch'io merto

La tua pietà.

GUELFO

Assai men duro assai

Sarebbe il viver mio, s'io non t'amassi;

E men reo, se tu rea prima non eri

D'occulto amor per chi più abborro; e a cui,

Solo a chiarire i miei sospetti, io in moglie

Fingea di darti: e tu più lieta allora

Già col pensiero abbandonavi il padre,

Lieta correvi al figlio di colui

Che da astuta madrigna ebbi fratello;

Che al moribondo padre mio carpiva

Mezzo il retaggio mio; che mi diè guerra

Tal che perdesti due fratelli.... e mai,

Per vendicarmi, o al fratricidio trarlo,

Nol vidi io, mai! - Mortal veleno in petto

Mi versò la tua gioia, e rimertarne

Volli il tuo seduttore; - e tu il salvasti!

E all'onta della colpa, e alle minacce

Resto, e al terror che tu mi fugga: e vedi

Se il sospetto, e il funesto amor paterno,

E la pietà di me medesmo, e l'ira,

Ma più l'incerta mia lenta vendetta

Mi faccian dentro orribil guerra.... E spesso

Sovra il tuo cor m'armano il pugno; e or fiero

Dagli occhi miei strappato il pianto, e il vedi

Tu spesso, e n'ho rabbia e vergogna - Un solo

Scampo (e non io, che me fuggir non posso)

Un solo scampo hai tu; ma s'oggi il perdi,

Meco uscir dèi d'ogni speranza.

RICCIARDA

Ah tolta

M'è da che teco sei crudel. Ma pena

A me fu amor pria che in me fosse errore.

Errai troppo sperando; e colpa io m'ebbi

Così di farti e sventurato e reo.

Ma involontaria il feci. Ohimè! sperai

Che le mie nozze ti sarieno pace

Di tanta guerra; e che sopite alfine

Vedute avrei le crude ire fraterne.

Sperai, che se a te il ciel tolse la prole

Atta al brando e allo scettro, e insidiato

Sei d'eredi stranieri, io forse un giorno

Ti farei lieto di nepoti, e sgombra

La tua casa vedrei di compre, infide,

Barbare spade che a noi son terrore,

Più che difesa. E non per anche al tutto

Sarà, se il vuoi, la mia speranza estinta.

Dall'amor tuo per l'infelice figlia

Che rea cagion di tua miseria estimi,

Saper ben puoi quanto Averardo un figlio

Unico e sempre in gran periglio, or deggia

Amar: e forse egli a te pace or chiede

Obliando l'offese, e alla comune

Pace fors'io....

GUELFO

Ma e pensi tu che nozze

E Amore acquietin gli odj? Amor diè sempre

Dritti a usurpare, ed armi occulte ai prenci:

Ti strascinava Amor dove al mio scettro

S'anela e al sangue; o misera! tu andavi

Ostaggio eterno e schiava: e indarno avresti

Di riveder il genitor morente

Forse implorato dagl'iniqui; e forse

Più non vivresti a darmi tomba. Io deggio

Ben io temerli, e odiarli quindi; odiarli

Quanto gli offesi; e quanto può avvilirmi

Il lor perdono: e odiarmi denrio; e ogni uomo,

Purchè nessun mi spregi, ogni uom m'abborra;.

Tremar mi faccia e tremi. - E' di tant'odio

Pace tra noi che perfida non sia?

Pace un dì recò Guido, e ti sedusse!

Vorrò dar pace ad altri, io che più averla

Nemmen sotterra.... potrò forse? - Un tempo,

Un tempo fu ch'io mi pascea di liete

Lusinghe anch'io! ma nel mio seno allora

Gioia e dolcezza il tuo sguardo spandea,:

Eri innocente allor; nè m'irritava

Una lagrima tua, nè sul tuo volto

Mi sforzavi a spiar nuovi e crudeli

Indizi, e a paventar d'esser tradito. -

Appieno almen fossi tu rea!... Ma fuggi;

Stien l'alpi e i mari in mezzo a noi: t'invola

E se più orrenda si farà la mia

Solitudine lunga, io, non foss'altro,

Dovrò in me solo incrudelire. - A sera

Te n'andrai sposa di Bretagna al Conte

Pria che le colpe e le sciagure nostre

Risappia, e averti chiesta egli si penta,.

Ma innanzi all'orator, sovra queste ossa

Rinunzia a Guido, e l'odio mio gli giura.

RICCIARDA

L'odio tuo? Qui?, dove sovente a Guido

Amor giurai? - Tu allor m'udivi, o Madre!

E se dal ciel non prevedevi i tristi

Dì della figlia tua, lieta eri forse

De'giuramenti miei. Deh padre! io sempre

Starò divisa, poichè il vuoi, da Guido:

Piangerò teco io sempre; e ben il merto,

Se pel mio fallo ogni uomo abborri, e sei

Di speme, e di te stesso, e d'Iddio privo:

Piangerò teco: e ne' solinghi amari

Ombrosi giorni che tu meni, al pianto

Della tua figlia, e spesso il provi, avrai

Talor conforto.... E se per altri il pianto

Mai verserò, tu nol vedrai. Chi, resta

Qui, se, non io, che vegliando, pregando

Con penitenti gemiti t'implori

Pietà dal cielo, e che distor ti possa

Dal morir disperato?

GUELFO

E tu pur sempre

Mi fai forza alle lagrime?... Chi sei

Tu, perch'io deggia trapassar dall'ira,

Alla pietà? Riarde l'ira al pianto

In me; e tu il sai. Va piangi teco, e teco

Fin ch'io t'appelli ti consiglia. Poscia

Qui, non dolente, ma in regale aspetto,

Altri che or giunge dovrà udirti; e i tuoi

Detti fien norma all'oprar mio. Ti parti.

SCENA III.

GUELFO, AVERARDO, CORRADO, UOMINI D'ARME.

GUELFO

Com'io intenda d'udirti, abbi argomento

Dal loco ov'io t'accolgo.

AVERARDO

I monumenti,

Signor, io veggo de' tuoi padri: e gioja

Essi n'avran se col fratel....

GUELFO

Non ebbi

Fratelli io mai. So che scendea Tancredi,

Mentr'io versava in Palestina il sangue,

A nuove nozze: e dimezzò il mio regno

Quindi per darlo a chi credea suo figlio.

So che colui fanciullo, e inetto al brando,

Al mio tornar fuggì in Lamagna, e l'anno

Trentesmo volge omai da ch'ei pur sempre

Fratel mi chiama a guerreggiarmi e tormi

E regno, e figli, e onore. Alto or m'appella

De' suoi figli assassino, e disertarmi

Giura de' tetti miei. Se il feci - o ingiusta

Vendetta feci - ecco, alla sua vendetta,

Oppongo l'armi. Se nol feci, - io deggio

Trar dalla sua calunnia alta vendetta.

Or più assai ch'ogni taccia, or la discolpa

Vil mi faria: resterà l'onta al vinto.

Or come offerir mai, nè accettar pace,

S'egli nel sangue si richiama offeso,

Io nella fama?

AVERARDO

Assai ragion di pace

Stan nelle accuse tue. Esul fuggiva

Il signor mio, perchè tu d'Asia in armi

Minacciando venivi. Che Tancredi

Tra voi partisse ingiustamente il regno,

Non so; ma ben più ingiusto era Averardo

Se abbandonava i figli suoi mendichi

Del retaggio degli avi: e sol. da quando

Fu padre, ei tel chiedea. L'armi opponesti:

E tel chiedea con l'armi: e i figli tuoi

Cadder - ma in campo, ed han sepolcro e fama.

Vinse; e ancor regni: ecco ragion di pace.

GUELFO

Ragion di guerra è il dirlo - Astuto meco

Parli, ed ardito.

AVERARDO

Ardito; e più il vorrebbe

Forse Averardo; astuto no, se m'odi.

GUELFO

Ma e tu chi sei che parli?

AVERARDO

Io son Corrado;

Guerrier d'Arrigo un dì.

GUELFO

Ben io ti vidi

Tosto all'aspetto il ghibellino core.

Prode guerrier tu sei: ma meno antico

Della tua fama io ti credea nel volto -

Or dimmi: e quando data era la fede

Di quella pace, orrido aguato forse

Teso non fu? Guido avvilia l'altero

Cor di Ricciarda anzi che nuora il padre

Me la chiedesse; e quindi, ov'io l'avessi

Ripulso, a fuga seco trarla; e quindi

Con quel dritto sul mio trono sedersi.

Vidi l'aguato.... ahi! non in tempo a trarvi

L'iniqua stirpe tutta. E co' suoi figli

Perchè non venne allor nella paterna

Casa Averardo?... ed io l'avrei.... pur anche

Come nell'alma, conosciuto in volto.

AVERARDO

Allor che Guido occultamente il core

Pose in vergin regale, e ne fu amato

Ben si fe' reo: nè ancor sapea che in corte

Delitto è amore; e ch'oggi a vil si tiene

Chi gli dà pena che non sia di sangue.

Ma di che fero duol dovea piagarti

L'orror del figlio suo, vide Averardo;

Nè ad altro intento che di pace ei chiese

La figlia a te. Che se a vendetta giusta

Simulasti assentirla, assai vendetta

Non t'è colui che spirò in grembo a Guido? -

Giusto duole armò il padre; or si rimane,

Che oltre molte cagioni oggi il costringe

Anche l'amor per l'infelice Italia.

GUELFO

Amor d'Italia? A basso intento è velo

Spesso:e tale oggimai s'è fatta Italia,

Ch'io, non che dirmi suo campione, e inulto

Lasciar per essa d'un mio figlio il sangue,

Io sdegnerei di dominarla, ov'anche

Sterminar potess'io, tutti i suoi mille

Vili signori, e la più vil sua plebe.

AVERARDO

Inerme freme, e sembra vile Italia

Da che i signori suoi vietano il brando

Al depredato cittadino, e cinti

Di sgherri o di mal compre armi straniere

Corrono a rissa per furor di strage

E di rapina; e fan de' dritti altrui

Schermo e pretesto alla vendetta.. e quindi

Or di Lamagna i ferri, or gl'interdetti

Del Vaticano invocano. Ben s'ode

Il Pastor de' fedeli gridar: Pace

Ma frattanto, a calcar l'antico scettro

Che a Cesare per tanto ordine d'anni

Diedero i cieli, attizza i prenci: e indurli

Ben può alle colpe; non celarle al guardo

Di chi vindice eterno il ver conosce.

Ma a noi che pro chi vinca? infame danno

Bensì a noi vien dal parteggiar da servi

In questa pugna fra la croce e il trono,

Per cui città a cittade, e prence a prence

E castello a castello, e il padre al figlio

Pace contende, e infiamma a guerra eterna

L'odio degli avi, ed a' nepoti il nutre.

E di sangue, e di obbrobrio inonderemo

Per l'ire altrui la patria?, Imbelle, abbietta,

Divisa la vedran dunque i nepoti

Per l'ire altrui'? Preda dell'ire altrui

Forse da tante e grandi alme d'eroi,

Fondata fu? - Togli alla Guelfa setta,

Che in te fida, l'ardire; e a' Ghibellini

Averardo il torrà. Congiunte e alfine

Brandite sien da cittadine mani

Le spade nostre; e in cittadini petti

Trasfondererno altro valore, altr'ira.

E co' pochi inagnanimi trarremo

I molti e dubbi itali prenci a farsi

Non masnadieri, o partigiani, o sgherri,

Ma guerrieri d'Italia. Ardua, è l'impresa,

E incerta forse; ma onorata almeno

Fia la rovina; e degli antichi al nome

L'età future aggiugneranno il nostro.

GUELFO

Se grande Italia un tempo era, nol cerco.

Qual è la vedo, e la dispregio. Io patria

Non ho che il trono, a cui nulla io prepongo

Che la vendetta. E a che parli d'eroi?

Tacer fia meglio degli antichi: e giova

Che stolti più di noi sieno i nepoti:

La gloria altrui splende a mostrarci abbietti.

Io del futuro a me chiudo la porta:

Io sol dell'oggi ho cura. Ardire a' Guelfi,

Perchè voi li temete; e omaggio a Roma,

Perchè sta inerme e frena il volgo, io presto:

Mi benedice e non mi spezza il brando

Se ragioni di pace altre non rechi,

Ti parti.

AVERARDO

Se nè patria omai nè fama

Ti tocca il cor, di te medesmo almeno

Amor ti vinca. Ribellanti e scarse

Son le tue schiere: e di Salerno intanto

Di bavariche spade orrido è il piano,

Al signor mio devote, alla vittoria

Anelanti e alla preda.

GUELFO

Antica è l'arte,

Atta sol ne' codardi, onde il nemico

Vuol atterrire altrui di quel terrore

Ch'ei per sè prova; -

AVERARDO

Sì,... teme Averardo

Pel figlio suo unico omai, che amore

Forsennato può torgli. E l'ira tua

Teme per la tua figlia; e per sè teme,

E perciò sol fuggì il tuo aspetto.... ei teme

Che tu a forza nol tragga un dì a macchiarsi

Del sangue tuo.

GUELFO

Io il bramo.... ov'io del suo

Nol possa. Ah mai, se non se morto, e d'altra

Man non vorrà ch'io vegga alfin chi egli era

Quel mio fratel! - E quali patti or m'offre?

AVERARDO

Che tu Salerno e le castella e il mare:

Esso Avellino e Benevento regga;

E Guido in moglie abbia Ricciarda.

GUELFO

Accolti

Denno esser dunque da Ricciarda i patti

Pria che da me.. Perfidamente venne

Altro orator: ma, a quanto io so.... nol vide.

La udrai tu qui. Col tuo scudier frattanto

Abbiate stanza, e la mia fè. - Mi siegui.

SCENA IV.

AVERARDO, CORRADO.

AVERARDO

Corrado!... e il figlio mio?...

CORRADO

Cauto qui riedi;

Da me saprà che in grave rischio stai.

ATTO TERZO

SCENA I.

CORRADO, GUIDO

CORRADO

Deh vien!

GUIDO

.... A che?... sol per mostrarmi al padre

Ingrato appieno? - Eccovi soli; inermi;

Ignoti forse per brev'ora a Guelfo.

E non che trar per voi l'unico ferro

Che a noi rimane.... vedi orrido stato!...

Volger in me nol posso, e la funesta

Speme alfin torvi di mia vita. Or fatto

Vile davver son io.... Lascia ch'io rieda....

CORRADO

E che dir deggio?...

GUIDO

Oh ciel!... - Ma vedi queste

Imbelli mie lagrime vane?... al padre

Di' che celarle a tutti deggio, e a lui

Più che ad altr'uomo.... lasciami....

CORRADO

Deh Guido!

Anche il vederti al padre tuo contendi?

Senza te mi rivide, e tosto ei diessi

A questo passo estremo; nè fe' motto

Se non quest'uno: "Al popol mio soccorri

Tu, s'io non riedo": e si partiva occulto:

Mal suo grado io seguivalo - Gli fia

Or destro il tempo a favellarti e il luogo:

Qui Guelfo ingiunse ch'ei l'attenda....

GUIDO

Vedi....

Fuggir nol posso.... ci vien.

CORRADO

Starò da lungo

Vigile intorno del tiranno ai passi.

SCENA II.

GUIDO, AVERARDO.

GUIDO

.... Signor....

AVERARDO

Oh figlio mio! - Tu piangi

Dimmi tu pur, se impallidir vedesti

Mai, se non oggi, di tuo padre il volto?

GUIDO

A pianger tu.... forza mi fai; tu solo.

AVERARDO

Nè gemi tu per l'onor nostro? Il nome

Mentir degg'io; venir furtivo e umile

Dov'io saprei correr col brando: e quasi

Da bassi iniqui oltraggi, e più dal troppo

Timor per te, tratto a svelarmi, e insieme

Perdere e fama e patria e figli: e quando

Da vincitore io dar potrei perdono,

Il chieggo; e a chi!... - Sangue vuol Guelfo.

GUIDO

Il nostro

Incerto e poco è a dissetarlo: ei pronto

Tien della figlia l'innocente sangue.

AVERARDO

Dono è di lei se ancor son padre; e il paga

D'acerbissime lagrime: nè mai

Mi crederei d'averti salvo, ov'ella

Schiava restasse. Ma il suo scampo e il nostro

Nell'armi sta. Se qui non eri, or certo

M'era il trionfo. Molte vele a noi

Pisa inviò che il mar quindi e la fuga

Torriano a Guelfo. Alle mie tende, irati

Del sangue ond'ei punisce ogni lor fallo,

Molti de'suoi rifuggono: e se pronti

Assalirem le mura evo la notte

Ombrosa sorga, sbaldanzito a un tratto

Il tiranno vedrai, che dal timore

Proprio e dal nostro il suo furor desume.

GUIDO

Quindi il furor fia disperato - Ahi! certo,

Ricciarda mia, certo il tuo scempio or veggio.

AVERARDO

E teco il mio - se patria io non avessi.

GUELFO

Signor, deh corri a vendicar quel figlio,

Che non moriva ingrato; abbatti l'empio;

Spegni le faci onde in Italia infuria

La Guelfa setta. Io no, padre, non bramo

Che il glorioso brando tuo si calchi

Dal traditor. Ma nè sperar tu dèi,

Nè bramar più ch'io viva. Ogni mia speme,

Poca, ed iniqua.... Odimi, e fremi - tutta

Posta io l'avea nella vittoria sola

Di Guelfo.

AVERARDO

O mio misero figlio!... Al pianto,

Più che all'ira mi sforzi. E sì funesto

Amor t'acceca?

GUIDO

Amor, io solo il sento

Sol io mi so quanto da lunge ci scerna

Le sue vere sciagure. In forza altrui

E' l'infelice donna mia; più m'ama

Più ch'io stesso non l'amo; e in sè pur chiude

Core e virtù di figlia, e il padre mai

Non lascerà finchè è in periglio; ed io

Non vorrò indurla, a tal disdoro io mai.

Sol se un dì ci vedrà' miseri e inermi

Vinti da Guelfo e senza patria... allora

M'anteporria forse al felice padre -

Ma non che mai gioirne io sdegno e abborro

Cosi iniqua lusinga, e mal mio grado

Talor m'assale; e a te svelarla, io deggio:

Giusto è ben che tu sappia or per qual figlio

T'armi e t'arrischi, onde ti sia men grave

Se oggi tu il perdi.

AVERARDO

Tutto perder bramo,

Anzi che te; ma tutto perdo io teco

Finchè tu chiudi a ogni speranza il core,

Finchè ogni umano ajuto or la deserta

Vergine teme o sdegna.

GUELFO

Morir meco,

null'altro può, nè vuol Ricciarda,: e questo

Ultimo dono di sublime amore

Sol da lei sperar deggio; e da te, o padre,

Il non vietarlo. Alla tua patria vivi,

O generoso; e il deturpato scettro

A redimer degli avi, e la tua casa,

E queste tombe; e il tuo Guido, e Ricciarda

Saranno in sacro o lagrimato avello

Di tua, mano congiunti - altro non puoi.

Quai che pur sien dell'armi oggi gli eventi,

Si certo io son ch'ella sè stessa, or serba

Vittima incauta a sua virtù, ch'io spesso

Veggo lo spettro di Ricciarda; e l'odo

Parlar, e dirmi - Il padre mio m'ha uccisa.

AVERARDO

Empio il conosco; non però il presumo

Sì disumano. O Guido mio! non vive

Padre sì iniquo, che non senta in core

Pietà de'flgli suoi -- Ma il cielo a'figli

Non diè pietà per gl'infelici padri!

Terror t'illude per l'amata donna;

Terror men vano è il mio....

GUIDO

Né tu mi salvi

Or mi costringi a seguitar tuoi passi,

Ch'io snaturato figlio esser non posso,

Quanto infelice io sono - ma ch'io viva,

Far non potrai. S'anche pietà del padre

A tollerarle m'astringesse, ahi lente

Ali struggeranno agli occhi tuoi le angosce

Mie disperate. Con sicuro e quasi

Lieto sguardo io finor vidi la morte.

Solo il tuo lungo necessario lutto

Pianger mi fea; ma il tuo periglio orrendo

Mi strazia il cor di nuova piaga, e ch'io,

Padre.... io da te non attendea.

SCENA III.

AVERARDO, GUIDO, CORRADO.

CORRADO

Lontano

Guelfo non è forse da noi: le guardie

In armi vidi.

AVERARDO

Addio.... se sconosciuto

Pur anche io resto, rivedrai tuo padre.

GUELFO

A morto resti.... oh ciel!...

AVERARDO

A prova estrema

Venni, e starmi degg'io fino all'estremo. --

Ma se il tornar qui mi fia tolto, al brando,

Spietato figlio, io disperatamente

La tua salute fiderò. Nel campo

Qual io vissi morrommi; e a Dio l'estremo

Priego per te rivolgerò, che padre

Non sia tu mai.

GUELFO

Me misero! Il tuo prego

Cadrà su lei ch'esser dovea tua nuora!

CORRADO

Deh! t'invola.

GUIDO

Purchè tu viva; ah ch'io

Più mai non tocchi la tua destra, o padre;

Piangi Ricciarda, e al figlio tuo perdona. -

E tu all'amico.

SCENA IV.

AVERARDO, CORRADO.

AVERARDO

E tu - tu pur, Corrado,

Tu, più che figlio, sovrumano amico

Perir vorrai?

CORRADO

Or pel tuo figlio solo

Tremar dèi tu; ma per la patria io tremo,

Chè prence e amico, ove tu cada., e padre

Perderem tutti - Vien Guelfo.

SCENA V.

AVERARDO, CORRADO, GUELFO, RICCIARDA, UOMINI D'ARME.

GUELFO

Costei,

Di sè donna oggimai, darà alle offerte

D'Averardo risposta alta, assoluta;

Nè forse a grado mio.

RICCIARDA

Ma qual l'attende

Guelfo dalla sua figlia; e il tuo signore

Da lei che nuora elesse; e Italia tutta

Dalla nipote di Tancredi. Trema

Forse l'esangue labbro mio; ma parlo

Mentr'io dal cor la speranza mi svelgo

Con cui sostenni la mia vita;... ed ora

Più ancor m'assale.... ed io vinco morendo.

Il mio signor m'impone oggi ch'io giuri....

D'obbliar Guido....

GUELFO

Odiarlo.

RICCIARDA

Io nè ciò posso

Che non è in mia balia; ma se il potessi

Di abbietta alma sarei: nè torre io deggio

Anche il mio core a chi se udisse quanto

Udrete or voi, di duol morrebbe. Io lui

Unicamente amai; lui senza speme

Amo pur anche, e morir sua pur voglio.

Ma pria che data gli fui tolta: e quindi

Veggio mio padre in guerra, e tanta apersi

Piaga alla mesta anima sua, ch'io sola

Forse potrei sanarla - io che compagna,

Quando fanciulla, orfana, incauta un giorno,

Mi abbandonò la madre, unica a Guelfo

Rimasi: e a lui la moribonda donna,

Fidò la figlia; e a me il consorte, afflitto

D'occulte orride angoscie. Ah! se la calma

De' suoi dì pende da me sola, e sola

Cagione, io son di tante stragi, o il cielo

Offenderei s'io di mia man perissi,

Deh omai l'armi posate. Al padre io resto

Nè sarò d'altri mai - Odi tu, o madre!

Forse.... col mio sospiro ultimo.... il dico....

Giuro: Ch'io non sarò moglie di Guido. --

E un altro, o madre, giuramento ascolta:

Finchè da te raccolta esser io possa

Nella tua pace, mi vedrai qui errando,

Tacitamente invocar l'ombra tua.

A me talamo e reggia e asilo e speme

Fia questa tomba, ch'io tocco tremante;

E dove teco -.m'accorrai, tel giuro,

Infelice, e innocente.

GUELFO

Il primo è santo;

Dell'altro voto io ti sciorrò. Straniero

Sposo, e lontana sepoltura, avrai.

Esci.

RICCIARDA

Non morrò d'altri - Ad Averardo

Dite che il suo figlio consoli.... e il salvi.

SCENA VI.

GUELFO, AVERARDO, CORRADO, UOMINI D'ARME.

GUELFO

T'è assai risposto. Or quanto udisti, apporta.

AVERARDO

E guerra insieme.

GUELFO

E tal che poscia il piano

Sotterrar possa tutti i vostri, o i miei.

AVERARDO

Da capitano il prence mio guerreggia

Sino al trionfo; nè alla strage anela,

Nè morte incauto affronta.

GUELFO

E a me si cela

E mi manda i più arditi. Or dunque godi

La morte, tu per esso. A entrambi io scorgo

Non so che in volto di superbo e astuto

Ma tu più molto, o eroe nuovo d'Italia,

Co' sensi tuoi, col mal represso orgoglio,

Con quegli sguardi che pietoso ad arte

A Ricciarda volgevi, in cor mi svegli

L''infame figlio d'Averardo, e insieme

Tutto il mio sdegno - e tal.... ch'io t'abborriva

Com'io ti vidi.

AVERARDO

Non abborro io mai;

Bensì. dispregio. Or tu rompi a tua posta

La fede

GUELFO

E della tua chi m'assecura?

AVERARDO

Inermi siam

GUELFO

Ma non di fraudi. Guido

Ch'altri non fu di voi, non venne ei forse

Qui di soppiatto?

AVERARDO

Se ciò fu, la tregua

Fu pattuita poscia. A giusta pena

Esso veniva; a indegna noi - ma infame

A te; nè invendicata. I tuoi Normandi

A te il lor duce chiederan che ostaggio

Lasciasti a noi.

GUELFO

Se chi t'invia, qui fosse,

Non sol gli umani sdegni. e le. altrui vite

A vil terrei; ma e vita e trono e cielo,

Purch'io vedessi trucidata alflne

Quell'odiata unica vita. Ah indarno

Ciò dalla guerra io spero sempre! A voi

Di vili insidie e di codarde tregue

E' pretesto la guerra. Or va: ben d'altro

Sangue m'è d'uopo che del tuo. - Bendate

Gli occhi a costoro; abbian commiato e scorta.

Mi seguan gli altri su le rocche e al mare.

Inevitabil pugna oggi v'appresto.

AVERARDO

Del di gran parte è corsa; e fin all'alba

Già fermata è la tregua.

GUELFO

Io la disdico.

La notte a voi farà il mio ferro e il foco

Orrendo più.

AVERARDO

Te preverremo: e troppa

Sarà la notte all'empia strage e al lutto.

ATTO QUARTO.

SCENA I.

RICCIARDA

Torgli il pugnal degg'io. - Nè omai può salvo

Fuggir per or; nè oggi vorria lasciarmi.

Troppa certezza, ch'io scontar col sangue

Deggia i dì che gli serbo, i suoi pensieri

Ostinata possiede - Ed oggi io stessa

Quel terror (vano forse) io mal mio grado

Più mestamento il sento. Ah di qual mano

Morrei!... Tu, Guido, spirar mi vedrestI....

Fuggi o Guido, e ch'io pera. Empia son io

Se tu qui a morte e alla vendetta resti

O padre, io dunque un uccisor ti serbo?

Eccolo; e il giurar mio di duol mortale

Già l'ha piagato.... E dirgliel degg'io prima.

SCENA II.

GUIDO, RICCIARDA.

GUIDO

Langue il di appena, e già qui stai?

RICCIARDA

Men lieve

il mio periglio, or che con molti Guelfo

E' alla marina, or ch'io ti deggio - ahi lassa

Alla mia giungi la tua destra, o Guido -

I detti estremi dirti; e amaro,

Amaro più ch'io non credea.... l'addio.

GUIDO

Ti scorre intorno il gel di morte - Ah ch'io

Trafitto almen sia teco or dal novello

Stral che t'uccide.

RICCIARDA

Il sei, Guido - Ti ho fatto

Irrevocabilmente oggi infelice.

GUIDO

Deh parla! E che farmi infelice, or teco

Può, ch'io nol sappia?,

RICCIARDA

A te il celai finora -

Sin da quel dì che tuo fratel perìa,

Guelfo m'elesse altro marito, e avviso

Men diede allor; nè d'indi in poi fe' motto:

Chè dal ciel derelitto, e d'ogni umana

Gioja, non sosteneva ei di partirmi

Dalla sua casa. Io speme ebbi nel tempo.

Ma più orrende lo investono le angosce,

Quanto sa ch'io più t'amo; e per me nuova -

Ira e pietà l'assale, e a giurarti odio

Traeami....

GUIDO

E' tu?

RICCIARDA

Spergiura esser non posso

Ma nè spietata figlia. Oh! se vedessi,

Come i paterni affetti, e la vendetta.

E la insultata ira divina, o l'onta

Del sangue sparso. e arder nuovo di sangue

In un solo furor travolgon misti

La perturbata alma del vecchio! Orrore

Di nuove colpe, e pietà del suo stato

A questo avel mi conducean tremando -

Dinanzi a due de' tuoi guerrier, giurai....

D'amarti sì.... ma di non viver tua.

GUIDO

O Averardo, che cor, quando l'udisti

Che cor fu il tuo!

RICCIARDA

Tuo padre!

GUIDO

E vide allora

Nel mio seno e nel tuo lento piantarsi

Il sol pugnale ch'io temea di Guelfo.

RICCIARDA

Nè farsi noto a me potea, nè guida

Io farmi a lui; ch'ei per te venne.

GUELFO

E il vidi!

RICCIARDA

Se fosti sordo al generoso padre,

Me non udrai. Colpevol di tua morte

Il padre mio teco farai.

GUELFO

Ricciarda

Pur ti lusinghi? Ancor certa non sei

Che quando il mio non abbia, ei d'ogni sangue

Si sbramerà? Lieve cagion fa giusta

Al suo pugnal, se i tiranneschi cenni

Tutti non compi, tutti. Eternamente

Fuggirmi dèi; ma fuggi, fuggi Guelfo,

Per pietà! se non vuoi morir tu figlia

D'un.... parricida.... - Deh! se m'ami, a nuovo,

Alto, tremendo - necessario sforzo

T'appresta: vedi, piangendo ten prego....

Benchè è tempo oggimai ch'io non ti provi

Col lagrimar, s'io t'ami. Altri, o Ricciarda,

Altri t'abbia. Tu lieta, ah! Non sarai

In braccio ad altri: ma, vivrai tu almeno. -

Ed io per te, per l'infelice nostro

Amor ti giuro che di ferro il mio

Dolor, nè d'altra violenta morte

Non troncherò: ma vile, e al mondo occulta,

Reggerò la mia vita.

RICCIARDA

S'io corressi

D'altr'uomo in braccio, e tollerarlo, o Guido,

Potessi tu - funesta amante e moglie

Sarei per sempre; ed anzichè obbliata

Tenermi e vile, allor ti vorrei spento.

Bramerei sempre che il rival tuo al sangue

Chiamassi; e quindi svierei il tuo braccio

Dall'innocente, e il drizzerei nel mio

Cor disleale a strapparmel dal petto,

E quanto più tu mel sbranassi, io tanto

Più t'amerei, ché l'onta iniqua a dritto

Vendicheresti e l'amor tuo.... - Ahi lassa!

Sì m'ami tu che in te sol puniresti

Ogni mia colpa. - Ma se mai.... nè il credo....

Guelfo in me incrudelisse, allor la vita

Ben sosterrai magnanimo: tu un padre

Strascinar non vorrai nel tuo sepolcro:

Viver dovrai per obbedire al santo.

Cenno ed al pregar mio che col sospiro

Eterno a te rivolgerò per dirti,

Che tu tacito, altero, a lenti passi

Mi segua.... - Un loco evvi di pace, ov'io

Preceder forse ti dovrò.

GUELFO

Ma il varco

Il tengo io primo; e dietro guardo sempre

Se mi precorri. Vigilando aspetto

D'udir sonar la tua ora suprema

Per mostrarti la via.

RICCIARDA

Tu il puoi: nè un punto,

A calcar l'orme del tuo sangue, un punto

Non mi starei. Forte non son ch'io possa

Aspettar morte, se a perpetuo lutto

Io da te resto abbandonata. - Ah poscia

Di guerra in guerra e d'una in altra morte

Per quelle eterne tenebre del pianto

Ti cercherei, ma invano. Sol chi vede

Quanto il doler mi fe' lunga la vita,

E il pregar delle afflitte anime intende

Darammi asilo. Già sento che in breve

M'udrà pietoso. Ivi la tua Ricciarda

T'aspetterà,... Deh Guido! a te per ora

Bastin le mie lagrime estreme.

GUELFO

Estreme

Non fien per te, se non, quando tu al cielo,

Donde certo venisti a far tremende

Di virtù prove, tornerai. - Ma inulte

Pur non. saranno. Non morrai tu inulta.

RICCIARDA

Guido, dammi quel ferro.

GUIDO

Anche la fama,

A non mertarmi l'ira tua, darei:

Ma stolto amor fia il mio, se a non mertarla,

Miro il coltel sovra il tuo coro, e il lascio

Immerger tutto. Ma virtù è il soffrire

Perchè tu viva. Ad altri basti il pianto

E la memoria dell'amata donna;

A me non già.

RICCIARDA

Dammi quel ferro, Guido.

GUIDO

A te il serbava, se per te il chiedevi;

Or a me il serbo, allor che disperata

Sia la tua vita.

RICCIARDA

Ma, se vedi armata

Su me la man?...

GUIDO

Basta a più morti un ferro.

Mal tu volevi a me celarlo. Morte

Certa, imminente - e dal padre paventi.

RICCIARDA

Temo il suo cor turbato e il mio che indurmi

Non può che d'altri io sia - ma l'amor tuo

Pavento io più, quando il paterno braccio

Sospeso stesse, e tremasse a svenarmi...

Affretterai tu il suo delitto e il nostro...

Te vedrò ucciso ed uccisor - Te solo

Ucciso forse.... E da tua morte il dono

Funesto avrò d'odiar morendo il padre,

E d'esecrare ogni pietà che avesse

Della sua figlia.

GUELFO

Abbi il pugnale.

RICCIARDA

Oh stato!...

Inerme stai se il lasci; e fra non molto

Ferverà orrenda la notturna pugna.

GUIDO

Occulto assai qui sto. La pugna e l'alba

Chiara faran nostra ventura appieno.

Se Guelfo è rotto, io da tremendo avviso,

Che lungamente in cor mi parla, certo

Son di tua morte. Utile è a Guelfo il ferro.

RICCIARDA

Ohime! - Deh Guido, il tieni.

GUIDO

Ma, funesto

In mia mano gli fia; nè a te più ascondo

Ciò che a ragion sospetti.

RICCIARDA

Oh ciel!

GUIDO

Più caro

Un brando avrò, se ad Averardo infauste

L'armi saran: teco il morir m'hai tolto.

Perché, tu viva, o mia Ricciarda, Guelfo

Trionfi e regni, e seco t'abbia ei sempre.

RICCIARDA

M'avrà Dio sol. Doman, s'oggi non pero,

Fuggirò all'ara. Il tempio e il vel di Cristo

Mi torrà agli occhi umani. - O Guido, allora

Altro rival tu non avrai che Dio.

GUIDO

Meno infelice, poichè alfin non chiudi

Tutte le, vie di tua salute, or sono -

Ma per sempre io ti perdo.... Addio.... Deh parti

Che a Guelfo mai il suo pugnal non rieda.

Tremando il tolgo dal mio fianco.

RICCIARDA

.... Abi rio

Dubbio!... Ma, se a te il lascio, a te ed al padre

Funesta e iniqua io mi sarei.... - Mel porgi.

GUIDO

Fuggi; e ratto il nascondi; io tremo.... Addio.

RICCIARDA

Ti rivedrò pria che tu parta o Guido.

Ti rivedrò.

SCENA III.

RICCIARDA

... Né ancor fosca è la sera;

Me per la reggia ognun vedria col ferro....

Star qui a lungo non deggio. A ogni occhio umano

Per or fia tolto in quel, remoto avello....

SCENA IV.

RICCIARDA, GUELFO, UOMINI D'ARME.

GUELFO

Qui rintracciarti io dovrò sempre?... Un'arma

Di man ti cade! - O! ti conosco atroce

Daga! Ben torni a me. Vien ch'io t'accolga,

Non come un dì.... ma per trarti pur sempre

Un'altra volta del mio sangue tinta.

SILENZIO.

GUELFO

Empia donna, t'accosta, - Al furor mio,

Vedi, sottentri alfine orrida calma:

Non son più incerto se abborrirti io posso.

Di pianto sì, ma non di ferro; o almeno

Non ti credea di questo ferro armata. -

Conoscil tu?

RICCIARDA

... Di Guido.... era.

GUELFO

Snudato

L'hai tu peranche?... Or mira - Tu nol vedi,

Spietata, tu; ma il vedo io di che sangue

Grondante è ancor!... E' ver; io non tel dissi

Quando di questo fodero tu stessa

L'ornasti; è ver; - ma il cor non ti fremea?

Non t'accorgevi con che orribil gioja

D'umile ch'era questo acciaro il volli

Far gemmato e regale? E a me dagli occhi

Torlo indi volli; e al più abborrito braccio

Che fosse mai lo diedi - ed ei tel rende,

Oggi tel rende onde tu in cor mel pianti!

Tremi, perfida? - A me del pianto antico

Riardon gli occhi.... O a me daga funesta!

Nel mezzo il cor d'un mio figlio,. e il più caro

Ti trovai, quando il raccogliea nel campo.

Qual pur fosse la mano, empia, villana

Atroce man fu che sì addentro il seno

Del giovinetto aperse. - E il braccio al figlio

D'un nemico n'armai, per saper sempre

Che impugna il ferro di quel sangue intriso.

RICCIARDA

O madre mia!

GUELFO

Arretrati. Con mani

Empie tu quella sepoltura abbracci -

Ma e chi tel die'? - Due soli erano, e inermi

Qui. Si partiano meco. A piè del mio

Destrier li vidi valicare il ponte.

Rispondi.

RICCIARDA

Io il tolsi

GUELFO

Dove? Come? Quando?

A chi? - Perfida taci? - Ecco la notte;

Tu il redentor qui aspetti; e ognor più indugi

Me dal pugnar. Ma vincitore, o vinto

Tornerò a darti libertà sol io.

RICCIARDA

Dal ciel l'aspetto, ed innocente.

GUELFO

Ardita

Ti se' fatta ad un tratto? In te più l'onta

Freno non è: qui tra' paterni avelli

Accoglievi il tuo drudo - e se nol celi

Qui ancor... or riede, or le mie rocche assale -.

Mi rivedrai: tu invan, perfida, allora

Eluderai le mie domande.

RICCIARDA

Stava

Nella tua casa il ferro. A disviarlo

Da te che pronto se' a svenarmi ognora

Mel tolsi a forza. Alcun periglio omai

Su te non pende. Or tu svenarmi puoi:

Né più discolpe nè lamenti udrai:

Di ciò solo ti prego: d'ogni strazio

D'ogni altra man, non della tua, mio padre,

Nè col quel ferro, me dall'infelice

Mia vita sciogli....

GUELFO

Il mio periglio cresce

Quanto io più tardo la vendetta mia....

Mal la fo, se ti perdo.... - A che più bado

Investito è Salerno; e sciagurato

Prence sarò, mentr'io venia per farmi

Men sciagurato padre. A liberarti

De' miei danni io correva, a liberarti

Della mia vista che tu abborri. Al porto

Stan su le vele i miei nocchier che tosto

Dovean recarti ove da me lontano

Avresti sposo e reggia,.... Or vil n'andresti,

Misera ed empia. Almen ti avesser pria

Punita i venti e l'onde! - Olà - Ruggero,

Premio ti sia del tuo signor la spada

Tien. Ho una daga, che al trionfo, o a morte

Fia troppa. - In guardia, e se mai cara l'ebbi,

Or l'ho più assai, ti sia Ricciarda. I tuoi

Veglino in armi ad ogni soglia; accerchia

Il castello ed il fosso: altri s'asconde

Qui forse; e certo ci venne, ed oseria

Tornarvi. Ma la figlia mia, la figlia,

Più che la reggia salvami -. Tu, donna,

Meco rimembra ch'io non ho più figli.

ATTO QUINTO

SCENA I.

Notte.

RICCIARDA, UOMINI D'ARME.

RICCIARDA

Più la comune che la mia sventura

Pianger dèi tu. Del cor discreto, umano,

Onde, o Rugger, prova mi dai, bramando

Di salvare i miei giorni, al signor tuo

Prova miglior darai, se non insulti

I suoi comandi estremi. A lui voi pochi

Fidi restate: ed or che è vinto, alcuno

Non sarà forse che l'esangue spoglia

Riporti a me, s'ei cadde! - A me, fia sola

Gioja ch'ei torni, e almen trovi la figlia.

Da voi ciò bramo. Il pianto e la pietosa

Memoria vostra mi fia cara un giorno

Vegliate or dunque a me dintorno, tanto

Che presso a questa sepoltura io vegli.

SCENA II.

GUELFO, RICCIARDA, UOMINI D'ARME, GUERRIERI.

GUELFO

Tempo i regnar m'avanza sol ch'io possa

Morir senz'esser domo. -- lte voi dunque,

Stranier, con gli altri a chi trionfa. Abbiate

Preda i tesor della mia reggia, innanzi

Che giunga il vile usurpatore. A Guelfo

Bastan le tombe, e la sua figlia, e un ferro.

Ite.... obbedite. - Ite... Ancor vivo.

SCENA III.

GUELFO, RICCIARDA.

GUELFO

Or m'odi

Dicesti tu, che sovra me pendeva

Il ferro?

RICCIARDA

Il dissi.

GUELFO

E tel diè Guido. Ad altri

Concesso ei non avria sì caro arnese.

E sol d'oggi l'avesti? - Donna, al padre

E al ciel tu parli dal sepolcro.

RICCIARDA

D'oggi.

GUELFO

Chi fuggi all'alba un brando avea: se questo

Pensatamente ci ti recava,, iniqua

Sei che il togliesti. E a che il celavi? e quando

Mi credevi alla pugna, a che t'armasti?

Dal disperato tuo silenzio io voglio

Trarti, e la via di tua salute aprirti.

Se dopo l'alba, o allor chi'io giunsi, avuto

La daga hai tu, Guido qui stassi. Chiusi

Dall'alba fur gli archi sotterra ond'altri

Venir poteva o ritornar per l'onda.

Pende da un detto il viver tuo. Rispondi:

Dov'è'?

RICCIARDA

Qui il vidi: ma non seppi io dove

S'andasse.

GUELFO

Parla - Breve tempo a' detti,

E alla tranquilla mia ragione avanza

RICCIARDA

Qui, ove ti parlo i detti estremi, il vidi.

E ch'io signor, non menta, abbine prova

Da ciò: che ov'anche or il sapessi, indarno

Mel chiederesti. Né del suo furore

Vo' farmi rea, né di sua morte....

GUELFO

O il sangue

Oggi darammi, o un sempiterno pianto.

Vinto non son se ho la vendetta in pugno.

Ei quindi, o tu non dèi più viver.

RICCIARDA

Io.

GUELFO

Colpevol sei, se per lui mori, indegna!

Colpevol più, che mel sottraggi. - Or mori...

RICCIARDA

Sangue versi innocente! - a me quel ferro...

L'immergerò dentro il mio petto io sola...

Dell'orror di tua colpa impallidisco,

Non di rimorso. - No; vedi, non tremo.

Error mio fu se occultamente amai;

solo il seppe, io da quel giorno

Pagai pena di lagrime. Tu santo

Festi poi l'amor mio. Guido un fratello

Pianse per me... poteva io non amarlo?

Era qui armato: ma non che insidiarti

Mai da più dì, mi diè il ferro a non trarlo

Se mi vedeva in quest'orribil punto....

GUELFO

Ahi nuova orrida angoscia!... ei parricida

Può ancor vedermi, e non potrò svenarlo

RICCIARDA

A me dunque quel ferro. Eccomi presso

A mia madre per sempre: in pugno l'elsa

Guido vedrammi e non sarai tu infame....

Piangerà teco su l'esangue tua

Figlia innocente e la vedrai pentito

L'abbraccerai gemendo, e a te pietoso

Fia l'eterno perdono. O Re del cielo!

Il verso io stessa, onde a te innanzi il padre

Del mio sangue non grondi.

GUELFO

In Dio tu fidi?

In Dio che solo a vendicarsi regna?

Già della lunga sua notte invernale,

Mentre ancor alla luce apro questi occhi,

M'ha ravvolto e atterrito. Orrendamente

Rugge intorno alla trista anima mia,

Tenebroso tra i fulmini. Il suo nome

Non proferisco io mai, ch'ei non risponda:

"Alla vendetta io veglio" - e la vendetta

Nel mio petto mortale indi riarde,

Poichè perdono ei niega.... - Ah! ma te sola

Per vendicarmi io svenerò? O mia figlia!

Se tu innocente sei, te, Iddio, te muta

Insanguinata ombra, al sepolcro mio

Manderà ad aspettarmi insino al giorno

Che sorgerò dalla polve e dall'ossa....

Nè mostrerai tu a me - tu co' tuoi sguardi,

Solo rifugio all'incerta mia vita,

Già mi perdoni.... ma io ti vedrò in viso

Le angosce ond'io da sì gran tempo ho spenta

La tua lieta bellezza. - Il fumo, e il sangue

Usciran della, piaga, e Iddio stendendo

Su quel sen la sua spada: "Empio, contempla

Tu padre hai morta, l'innocente figlia" -

A terra, a terra. Fatal daga.... O figlia....

Trammi a morir.... io più viver.... non deggio.

RICCIARDA

Vien meco, vien....

GUELFO

Profugo prence, trova

Certa una tomba mai? Potente io fui,

Sarò deriso. Fui temuto, e a' miei

Passi opporran le faci. Il mar di fiamme

Arde già.... Infida una città toscana

L'empiea di vele; e i miei navigli incende.

RICCIARDA

Apre il suo grembo agl'infelici Iddio.

Padre, deh! vien.... Te fuggir regalmente,

Solo a salvar la figlia tua, vedranno

Avran pietà di noi prostrati all'ara.

GUELFO

L'abbian di te; d'essi non l'ebbi io mai.

Obbrobrio obbrobrio mi sarà lo scettro

Se nol porto sotterra! - O donna. Fuggi:

Sto co' miei padri che non fur mai vili.

RICCIARDA

Ch'io mai ti lasci?

GUELFO

Io del legnaggio mio

Unico resto,, e al nuovo sol fia spento!

Tu pur.... tu dunque andrai preda al bastardo

Che il regno e l'armi ed il mio nome usurpa

Anche dal mio cadavere il tuo pianto

M'involerà?... Non m'ha già tolto i figli i

RICCIARDA

Ohimè! deh torci da quell'arma il guardo....

Non m'ode, ahi lassa! e più truce la mira!

GUELFO

.... Torna a me dunque, o dono orrido! - Rabbia

Ti mise in cor di un mio figliuolo. Rabbia

Ti diè a un nemico che ferir non seppe,

E il diè a femmina rea. Rabbia, a qualunque

Final vendetta, e sia che può, ti afferra.

SILENZIO

Dov'è colui?... su le reliquie sieda

Anche de' morti, io nel trarrò. - Codardo,

Tuo padre vinse; esci: or tu puoi - La sposa

Qui avrei; qui è l'ara e il talamo.

SCENA IV.

RICCIARDA

sola, abbracciando silenziosa il sepolcro di sua madre, mentre GUELFO si precipita verso le volte
sotterranee.
La voce di GUELFO lontana.

GUELFO

La tua

Donna per te morrà.

SILENZIO.

La voce di GUELFO ravvicinandosi.

Esci, codardo!

SILENZIO.

SCENA V.

GUELFO, RICCIARDA.

GUELFO

Ma vieni tu; perfida tu, dèi farmi

Scorta a trovarlo, a scoperchiar quell'arche,

A sovvertir le ceneri, e dall'ossa

Dissotterrarlo....

RICCIARDA

Statti.... Oh ciel!... Col mio

Spirto sol lascio la tua man.

GUELFO

Codardo!

Codardo! intendi, o la tua donna è morta.

Tremendamente io grido - Intendi.

SILENZIO

SCENA VI.

GUELFO, RICCIARDA, GUIDO.

GUIDO

T'odo.

RICCIARDA

Non ti sciorrai fuor di mie braccia, o padre

Morta da attorno ti starò più avvinta.

Tu, Guido,. fuggi.... deh!

GUELFO

Costei nud'ombra,

Ti seguirà, se fuggi. - Non far passo;

Nè difesa; nè cenno. Ove tu immoto

Non ripigli il tuo ferro, il riavrai

Caldo dal petto dell'amata donna.

77

GUIDO

A ripigliarlo accorsi, e puro ancora

Del sangue suo; non già che in te presuma

Pietà, nè orror di tanta colpa: io t'ebbi

Per parricida sempre; e mio conforto

Solo fu quindi di morirle appresso.

Me svenar primo dèi; le fia men duro

Così il morir: e tu in ciò sol mostrarti

Men tristo padre oggi potrai. Ma bada:

S'osi ferirla. e ch'io viva, godrai

Di poca strage. Il mio furor represso,

Furor estremo, onnipotente, il ferro

Fuor di quel seno e del tuo braccio antico

Sverrà ad un tempo. Al mar, pel sanguinente

Crin, pria che d'una lagrima tu possa

Contaminar quella candida salrna,

Strascinerò il vegliando parricida,

Al mar, tua degna tomba. - Ecco mie leggi.

Seguo or le tue. Immobil taccio, e aspetto.

RICCIARDA

Trapasseran per questo petto i colpi,

O forsennati....

GUELFO

Svolgiti...

RICCIARDA

Mio Dio!

Mi togli.... ch'io l'empia strage.... non vegga.

GUELFO

Non le minacce tue, ma il costei pianto

Fammi perplesso; e ancor per poco. - Ahi d'altro

Beri d'altro amor che di paterno avvampi

O seduttore! E a che pur guardi altero

Tu che ne' tetti altrui teco celavi

L'omicidio e la trama? Tu che un ferro

Desti a una figlia a trucidare il padre,

Se scellerata esser poteva e ardita

Quanto l'hai fatta vil, perfida, e stolta?

Io di man quasi, il perdo, or che pur deggio

Giustamente punirla. - No; nol perdo.

E se per altra via giunger non posso

Sino al tuo core, il piagherò per questa.

GUIDO

Donna, se a lui basta il mio sangue, or lui

D'orribil colpa, e me d'orribil vita

Trarrai. Deh! il lascia - A te dunque io m'appresso

Guelfo....[1]

---

1   All'avvicinarsi di Guido, Guelfo si avventa e lo ferisce, e Ricciarda torna ad afferrargli il braccio.

RICCIARDA

Ahi! - non più....

GUIDO

Fu scarso il colpo; il sangue

Mi sgorga a pena, e non dal core,: or vedi,

So più morir, che tu ferire.

RICCIARDA

Or Guido,

Sì m'ami tu?... T'arretra!...

GUELFO

E ancor l'hai salvo!...

D'armi e di faci ecco la reggia è piena....

RICCIARDA

Guido siam salvi! Arretrati - mio padre

Non ferirà la figlia sua.

SCENA VII.

GUELFO, RICCIARDA, GUIDO, AVERARDO, CORRADO.

GUERRIERI e UOMINI D'ARME CON FIACCOLE.

GUIDO

Nessuno

S'accosti a Guelfo: o svenerà Ricciarda.

GUELFO

Mio fratel chi è di voi? - Mostrisi omai

Col trucidarmi.

RICCIARDA

Lasciami, o Averardo,

Il padre, a me, che t'ho serbato il figlio.

GUELFO

Tu se' Averardo! Tu? Securo stavi

Fra' carnefici miei! - Tu, sciagurata,

Già il conoscevi?

GUIDO

In me, Guelfo, in me piena

Farai vendetta; in me che il merto, e insieme

Di costoro l'avrai. - Divincolarmi

Saprò da voi malnati.... Or l'innocente

Immolerai tu per salvarmi, o padre?

Mi lascia....

AVERARDO

E meco andrai sotto quel ferro.

Odimi, o Guelfo. Al sangue tuo perdona;

Perdona; ed abbi e vita e regno e pace;

E m'odia.

GUELFO

Odiarti, e la ignominia e il lutto

Tollerar sempre di vederti vivo?

Vivi. Ma disperato il figliuol tuo

Funesti ognor la tua vecchiezza, e tragga

Nel tuo sepolcro il trono mio. Rimani

Deserto nella mia predata casa

A veder spento il nostro sangue e il nome.

Ratto più ad avverar che ad imprecarla

La sciagura son io. Guido, contempla

S'io so morir; so la mia destra or trema.

A me più orrenda morte, e a te più lunga,

Ma certa, omai, darà questa ferita[2].

RICCIARDA

Accogli, o madre!... la tua figlia.

GUIDO

Crudo

Più del tuo padre il mio, mi toglie a forza

Di venir teco. Addio, ma per breve ora.

____

2   Trafiggendo la figlia.

RICCIARDA

Vivi.... ch'io possa rivederti. Tua

Moro - Perdona.... al padre.... mio[3].

GUELFO

Ti sieguo[4].

---

3   Spira.
4   Trafiggesi.